ELOGE

DE MONSIEUR
LE MARECHAL
DE VILLARS,

PRONONCÉ

DANS L'ACADEMIE FRANÇOISE

Par M. DE CREBILLON, *de la même Académie,*
le neuf Decembre 1734.

A PARIS,

Chez **PRAULT** Pere, Quay de Gêvres, au Paradis.

M. DCC. XXIV.

ELOGE
DE MONSIEUR LE MARECHAL
DE VILLARS,
PRONONCÉ

DANS L'ACADEMIE FRANÇOISE.

IL n'eſt plus ce Guerrier dont nos derniers malheurs
Ont immortaliſé la Prudence & les Armes,
Peuples, dont ſa valeur diſſipa les allarmes,
Elevez-lui du moins un Tombeau dans vos cœurs.
Toy, dont le nom preſide au Temple de Mémoire,
Nom, par tant de Vertus à jamais conſacré,
Nom fameux & toûjours foiblement célébré,
Malgré ce que nos Chants ont redit de ta gloire,
LOUIS, deſcends des Cieux, parois ſur ces Autels,
Que la Terre a dreſſés au plus Grand des Mortels;
Ce fut toy : Viens placer dans ce Temple où tu regnes,
Un Guerrier, qui ſouvent eut part à tes exploits,

A ij

Qui par tant de travaux juſtifia ton choix ,
Et qui ſçut, d'un ſeul coup, relever nos Enſeignes.
Dans ces tems où ton Peuple oſa trembler pour toy ,
Ces jours marqués de ſang, où le Sort infidéle
Eprouvoit ton grand cœur pour en faire un Modele ,
Ce Guerrier ſeul fléchit les Deſtins de ſon Roy ;
Les força de rentrer dans cette obéïſſance
Qui les tint ſi long-tems ſoumis à ta puiſſance.
Il ne lui reſtoit plus , après tant de hauts faits ,
Après tant de Remparts qu'il reduiſit en poudre ;
Qu'à porter aux vaincus l'Olivier de la Paix ,
De cette même main dont il lançoit ta Foudre.
Capitaine , Miniſtre & Soldat tour à tour ,
Devoüant à ſon Roy tous les tems de ſa vie ,
L'Eſtat, le Cabinet, les Champs de Mars, la Cour ,
Partagerent ſon cœur ſans laſſer ſon genie.
Quels perils pour L O U I S n'a-t'il pas affrontés !
Combien pour nous venger en a t-il ſurmontés !
Aucun n'a triomphé de ſa Valeur ſuprême :
Ces Foudres que l'airain fait voler dans les airs ,
Ces Foudres inconnus à Jupiter lui-même ,
N'étoient pour ce Héros que de foibles éclairs ;
On eût dit , à le voir pourſuivre la Victoire ,
Qu'ils brilloient ſeulement pour annoncer ſa Gloire.
L O U I S , à ce portrait, tu reconnois V I L L A R S ,
Cet éleve , ou plûtôt ce fier rival de Mars ,
Et peut-être le tien : Son Ame généreuſe ,

(Quoy qu'il n'eût que toy ſeul pour but de ſes Travaux.)
De toutes les Vertus étoit ambitieuſe,
Et les tiennes, ſans doute, ont formé ce Héros :
Fridelingue, Denain, Batailles memorables,
Quels Succès glorieux m'offrez-vous à chanter ?
Vous même, Lieux cruels, mais pour nous honorables,
Où la Mort ſur ſes jours oſa preſque attenter,
Les Lauriers de VILLARS ſur vos Champs redoutables
N'ont-ils aucun éclat que nous puiſſions vanter ?
Cependant, quels Exploits viendroient ſe préſenter
Au ſeul reſſouvenir de ces Tems déplorables !
Déja tous nos honneurs étoient évanoüis,
L'Eſtat ſur ſon déclin, défaite ſur défaite,
(C'étoit alors le tems des revers de LOUIS !)
Nos Soldats accablés de honte & de diſette,
De déſeſpoir peut-être autant que de langueur ;
Hommes quant aux Beſoins, François pour la Valeur,
Leur Chef, d'un ſeul coup d'œil, reveille leur audace,
Tous s'offrent en Héros au coup qui les menace ;
Et VILLARS qui bravoit la Mort & le Deſtin,
Appelle tout ſanglant, l'ennemi vers Denain.
C'eſt-là que ce vengeur de la Seine & de l'Ebre
Fit voir qu'à Malplaquet il n'avoit ſurvécu
Que pour rendre à Denain ſa valeur plus celébre,
Et qu'un Foudre de moins, EUGENE étoit vaincu.
Ainſi de nos Deſtins fixant la violence,
VILLARS humilia de ſuperbes Vainqueurs,

Fit revivre en un jour leurs anciennes terreurs,
Venga son Roi, soi-même & rétablit la France.
Tel & plus grand encor les Alpes l'on revû,
(Non pas jeune, & tenté d'une fortune illustre,
Au comble des honneurs il étoit parvenu)
C'étoit VILLARS bravant son dix-septiéme lustre,
Le premier des François, fortuné, glorieux
Qui pouvoit, de tous soins exempt par sa vieillesse,
Borner tous ses devoirs aux Conseils précieux
D'un Chef dont les travaux ont formé la sagesse.
Et quelle gloire encor pouvoit flatter VILLARS,
Ou relever l'éclat d'une si belle vie ?
Mais VILLARS étoit né pour servir sa Patrie
Et pour trouver la mort dans les champs des Césars.
Guerriers, qui pour LOUIS signalez votre zele,
VILLARS n'aima jamais que l'Estat & son Roi,
Il s'en fit un honneur, un devoir, une loi,
Ne perdez point de vûë un si parfait modele.
Quel Roi plus digne encor de regner sur vos cœurs
Doit exciter en vous la généreuse envie
D'armer pour le servir ces bras toûjours vainqueurs,
Dont l'effort fit trembler le Rhin & l'Italie !
Du siecle de LOUIS heureux restaurateur,
LOUIS, nouveau soleil, paroît sur l'hémisphére,
Avec tous les rayons de son prédecesseur
Et toutes les vertus de son auguste pere ;
Equitable vengeur d'un téméraire affront

M. le Maréchal
de VILLARS,
étoit Chef du
Conseil de
Guerre.

Que n'a point dû souffrir l'honneur du Diadême ;
La Juſtice du Ciel ſemble ceindre elle-même
Les lauriers deſtinés à couronner ſon front.
Il eſt d'autres bienfaits, & qu'un bon Roi préfere
A toutes les faveurs qu'il tient des Immortels,
C'eſt un Sujet doüé des dons du miniſtere,
Qui partage avec lui ſes devoirs paternels,
Un miniſtre éclairé, qui clément & ſévere,
Soûtienne également le Thrône & les Autels,
Qui ſoit tel que FLEURY, dont les ſoins éternels
Nous répréſentent moins un miniſtre qu'un pere.
Regne heureux & brillant ! Tu nous rends à la fois
Nos plus vaillans Guerriers, nos plus ſages Miniſtres,
Tu nous rends avec eux le plus grand de nos Rois ;
France, tu ne crains plus d'événemens ſiniſtres !
Du plus hardi ſoldat rivaux & compagnons,
Deux Soldats adoptés par le Dieu de la Thrace,
Héritiers des vertus & du ſang des Bourbons
Signalent à l'envi leur zéle & leur audace.
Le vainqueur de Rocroi fécond en ſucceſſeurs,
CONDE', qui pour le nom, la gloire & les honneurs,
N'eut au deſſus de lui que les Dieux & ſon Maître,
L'intrepide CONDE', vient encor de renaître.
Vous, qui formé d'un Sang & ſi noble & ſi beau,
Joignez à ſa ſplendeur la valeur la plus fiere,
Qui d'un ſentier pour vous étranger & nouveau,
Trouvez, du premier pas, la route familiere,

CLERMONT, tous vos Ayeux Héros dès le berceau,
N'ont pas plus dignement commencé leur carriere :
Pourſuivez, votre cœur eſt fait pour les hazards ;
Qu'avec vous & CONTY, déja plus redoutables
Nos Guerriers, ſur vos pas, ſoient toûjours indomptables :
Vous devez cette joye aux Mânes de VILLARS ;
Ce Héros, qui, pliant ſous le faix des années,
Eût crû voir au mépris les ſiennes condamnées,
Et que de ſes Lauriers il eût flétri l'éclat,
Si ſon dernier ſoupir n'eût été pour l'Eſtat.